Analyse de l'œuvre

Par Véronique Letournou

Ghost in love

Marc Levy

lePetitLittéraire.fr

Analyse de l'œuvre

Par Véronique Letournou

Ghost in love

Marc Levy

Rendez-vous sur lepetitlitteraire.fr et découvrez :

Plus de 1200 analyses
Claires et synthétiques
Téléchargeables en 30 secondes
À imprimer chez soi

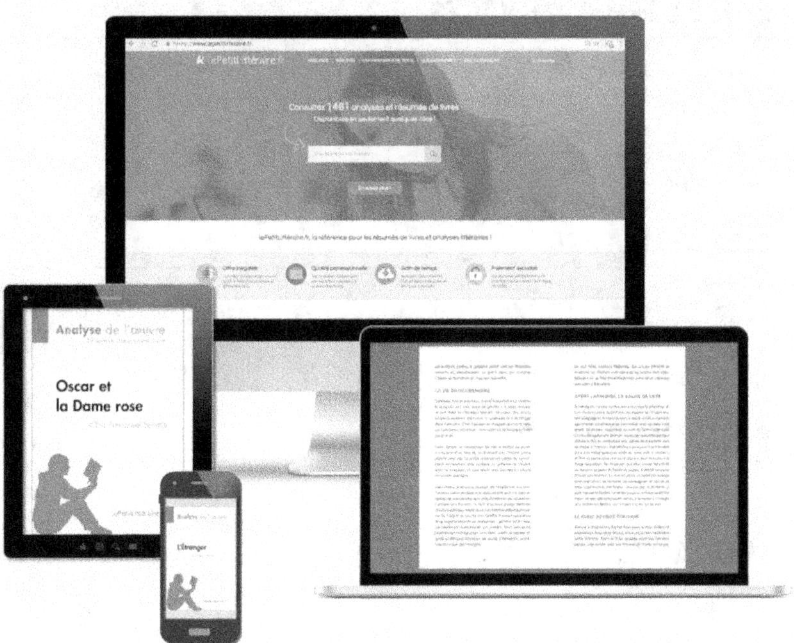

GHOST IN LOVE

L'AMOUR PLUS FORT QUE LA MORT

- **Genre** : merveilleux / feel good
- **Édition de référence** : *Ghost in love*, Paris, Robert Laffont/Versilio, 2019.
- **1ʳᵉ édition** : 2019
- **Thématiques** : la transmission, les relations parents-enfants, l'amour, la fidélité, le couple, la loyauté, la musique.

Thomas, pianiste trentenaire, suit une vie réglée de travail et de tournées. Un soir, il voit surgir le fantôme de son père, alors que celui-ci est mort depuis cinq ans. Il revient pour demander à son fils une ultime faveur : le réunir avec la femme qu'il aime pour l'éternité. C'est le début pour Thomas d'un drôle de périple en compagnie de son fantôme de père, qui va le mener de Paris à San Francisco.

Dédié à son père disparu il y a quelques années, ce vingtième roman de Marc Levy est une ode à la vie. Très bien reçu par les lecteurs à sa sortie – comme toujours pour l'auteur –, *Ghost in love* se hisse très rapidement en tête des ventes. S'inspirant des relations pleines de pudeur et de tendresse qu'il avait avec son père, Marc Levy célèbre dans ce livre des thématiques qui lui sont chères : l'amour, la fidélité et le plaisir de vivre.

MARC LEVY

ÉCRIVAIN FRANÇAIS

- **Né en octobre 1961 à Boulogne-Billancourt**
- **Quelques-unes de ses œuvres :**
  - *Et si c'était vrai* (2000), merveilleux, feel good
  - *L'étrange voyage de monsieur Daldry* (2011), quête romanesque
  - *Les enfants de la liberté* (2007), roman historique

Marc Levy est fils d'un père écrivain, éditeur d'art et résistant – il s'est enfui du train qui l'emportait vers Dachau – et d'une mère qui travaillait dans l'immobilier. Ces influences, chacune à leur façon, irriguent son œuvre (*Ghost in love* est d'ailleurs dédicacé à son père). Marc Levy entre à la Croix-Rouge à 18 ans et y reste six ans. Par la suite, il crée une entreprise spécialisée dans les images de synthèse, puis, six ans plus tard, il ouvre un cabinet d'architecte. En 2000 parait son premier roman écrit pour son fils, *Et si c'était vrai...*, qui, déjà, met en scène un fantôme. Face au succès colossal de ce roman (adapté rapidement au cinéma), Marc Levy démissionne et se consacre à l'écriture – il écrit également des chansons pour divers artistes –, publiant au rythme d'un bestseller par an. *Ghost in love* est son vingtième roman. Marc Levy est l'un des auteurs les plus lus au monde avec 50 millions d'exemplaires de livres vendus. Il est traduit en 49 langues.

RÉSUMÉ

Le court prologue ouvrant le roman est un monologue intérieur du père, Raymond, que nous ne connaissons pas encore. Il pose la thématique des relations père-fils et évoque une question de son fils à huit ans (« c'est quoi être un père ? », p. 11) qui reviendra plus tard dans la bouche de Thomas et à laquelle Raymond osera enfin répondre.

LE FANTÔME DU PÈRE

Le livre se découpe en 20 chapitres. Le narrateur, qui est un narrateur omniscient, nous présente Thomas, 35 ans, qui répète le *Concerto pour piano n° 2* de Rachmaninov qu'il va jouer à la salle Pleyel le lendemain soir. Il est un peu tendu en cette veille de concert, qui est également le jour anniversaire de la mort de son père il y a 5 ans, et décide d'aller rendre visite à sa mère. Elle reste peu avec lui, ayant d'autres projets pour la soirée. Alors qu'il cherche une cigarette, il trouve des joints dans un tiroir. Indigné et intrigué, il en fume un. C'est à ce moment qu'il voit et entend le fantôme de son père, Raymond, avec lequel il se met à discuter (« Mais qu'est-ce que je fais à te répondre ? », p. 31). Ils échangent quelques propos aigresdoux. Thomas, passablement troublé, pense être l'objet d'une hallucination qu'il met sur le compte du cannabis. Mais quand il voit à nouveau son père le lendemain, dans le public, alors qu'il joue, il commence à s'inquiéter de sa santé mentale. La soirée est une petite déroute personnelle : il a mal joué – perturbé par la présence de

Raymond au premier rang –, se fait quitter par Sophie avec qui il entretenait une relation distante et intermittente, ses amis sont absents ou indisponibles, et il voit, entend et parle avec son père, mort et enterré depuis cinq ans. De retour chez lui, Raymond lui annonce que, quand Thomas était enfant, il a rencontré une femme, Camille, dont il est tombé éperdument amoureux. Pour les séparer, l'époux de Camille a emmené sa famille en Californie où ils se sont installés. Camille et Thomas se sont tous deux dévoués à leur famille avec plus ou moins de bonheur, puisque les parents de Thomas ont fini par divorcer. La distance ne les a cependant pas éloignés et ils ont, pendant vingt ans, échangé une correspondance amoureuse et secrète. Assommé par cette révélation, Thomas met sèchement fin à la discussion.

LA RÉVÉLATION : LA VIE D'HOMME

Le lendemain, ébranlé par le sentiment de réalité que revêt ce qu'il essaie de prendre pour un rêve, Thomas se rend chez un ami psychiatre et se confie. Celui-ci le rassure et lui affirme que ce qu'il vient de vivre n'est pas réel, mais vient du deuil de son père, toujours en cours. En sortant de chez lui, Thomas est à nouveau confronté au fantôme de son père. Raymond se montre assez ironique quant au comportement professionnel de cet ami, auquel, en bon médecin (il était chirurgien), il reproche de n'avoir pas davantage poussé les examens (prise de tension, batterie de tests, etc.). Puis il explique enfin à Thomas la raison de sa présence : Camille vient de mourir et il souhaite que Thomas récupère les cendres de cette dernière pour les mêler aux siennes et leur permettre, enfin, d'être ensemble. Comprenant l'importance capitale de cette demande et, d'une certaine manière, saisissant l'opportunité d'un échange de bons procédés (le fils qu'il est a la possibilité de rendre un immense service au père qui lui en a tant rendu dans sa vie), Thomas accepte.

TRANSMETTRE ET AIDER...

Thomas va chercher l'urne contenant les cendres de son père dans l'appartement familial, ce qui fait dire malicieusement à sa mère – qui ignore tout du fantôme et de sa demande – « ça te fera le plus grand bien de renouer un peu avec lui. Les dernières années de sa vie, vous vous étiez un peu éloignés... » (p. 100). Thomas prépare le voyage à San Francisco dans un timing assez serré, il ne dispose que de trois jours, les obsèques de Camille ayant lieu le surlendemain et lui-même étant attendu à Varsovie pour un concert trois jours plus tard. Lors du vol, un passager fait un malaise et le personnel de bord demande l'assistance d'un médecin. Raymond prend alors en quelque sorte – et bien malgré Thomas – possession du corps de son fils (« c'est une impression où tu parlais à travers moi ? », p. 123) et tire le passager d'affaire, occasionnant une scène assez comique entre les personnages : Thomas, qui a déclaré être pianiste à sa voisine, s'activant auprès du blessé, la voisine s'inquiétant fortement de ce que fait Thomas à l'homme inconscient, d'autant plus que Thomas répond parfois tout haut à Raymond qui lui indique la marche à suivre. Tout ceci crée un invraisemblable imbroglio. À San Francisco, Thomas a loué une chambre chez l'habitant. Arrivé là-bas, toujours en compagnie invisible de Raymond, il s'installe, fait brièvement connaissance avec les propriétaires et va visiter la ville, s'offrant ainsi des moments de discussion apaisée et complice que le père et le fils ne semblent pas avoir beaucoup partagés du vivant de Raymond. Thomas et Raymond évoquent leur métier respectif : le chirurgien répare des vies et l'artiste donne de la joie aux hommes. En allant repérer les lieux des obsèques de Camille, un luxueux funérarium, Thomas rencontre Manon, la fille de Camille, avec qui il a une très brève discussion. Après l'évocation des plans de Raymond pour entrer en possession de l'urne de Camille, le narrateur opère un changement d'axe. Nous délaissons Thomas et Raymond le temps de faire connaissance avec Manon et son père, les différences qui existaient entre Camille et son mari et l'amour de Manon pour sa mère. Nous revenons vers Thomas et Raymond alors que celui-ci lui raconte sa première rencontre avec Jeanne, la mère de Thomas. Ils semblent se promener sans but dans les rues, mais en réalité, Raymond guide son fils jusqu'à la magnifique salle de concert de San Francisco. Sous l'impulsion de son père, Thomas entre, se présente, visite et se voit proposer d'y revenir jouer par le directeur artistique.

... L'UN ET L'AUTRE

Le lendemain, Thomas est au funérarium quand Manon lui demande de remplacer au pied levé l'organiste qui s'est cassé la jambe. Thomas accepte et la suit ; la cérémonie commence, très classique. Mais après Debussy et Vivaldi, ce sont des tubes disco que Thomas trouve sur son pupitre. En hommage à Camille, qui adorait le disco, les invités se sont habillés comme dans les années 1970 et dansent ensemble, terminant les funérailles sur une note joyeuse et endiablée et, bien sûr par une chanson en forme de clin d'œil : *I will survive*. Manon entraine avec elle Thomas au buffet toute l'après-midi. Les jeunes gens discutent, attirés l'un par l'autre, mais Thomas n'oublie pas pour autant sa mission. Échouant à récupérer les cendres de Camille et oubliant l'urne de Raymond sur place, Thomas est obligé de revenir la chercher de nuit, s'introduisant avec Raymond par effraction dans le bureau du directeur du funérarium. Raymond comprend que la tâche est plus ardue que prévu, et alors qu'il commence à se résigner, Thomas, qui suivait un peu passivement, prend soudain la tête de leur duo et la dynamique s'inverse. Retour du narrateur chez Manon et son père, qui, inquiet de l'effraction au funérarium, a ramené l'urne de Camille chez lui. Manon s'oppose fermement à ce que les cendres de sa mère restent dans la maison. Son père l'interroge sur ce pianiste qui a remplacé l'organiste, mais elle reste évasive. Une enquête policière se met en route pour éclaircir ce mystère de l'urne anonyme dérobée.

RÉUSSIR SA VIE

Au cours de leur dernière soirée à San Francisco, Raymond remercie son fils et lui demande de disperser ses cendres sur une plage, non loin de chez Camille. Il suggère une réponse à la question « qu'est-ce que c'est être père ? » que Thomas lui a posée une première fois dans son enfance et une deuxième peu de temps auparavant : être père, c'est peut-être « ouvrir la route et se retourner sans cesse » (p. 301). Il fait aussi promettre à son fils de revenir jouer au Symphony Hall de San Francisco. Manon a invité Thomas à diner et il a décalé son départ pour s'y rendre. Il lui avoue la vérité et lui confie les lettres de sa mère que Raymond avait précieusement conservées dans une boite à côté de son urne. Manon, bouleversée et méfiante, lit les lettres de sa mère dans la nuit. Le lendemain, Thomas s'apprête à ouvrir l'urne de Raymond sur la plage et fait ses adieux à son père quand Manon le rejoint avec l'urne de Camille. Ils peuvent enfin les réunir pour l'éternité. Les derniers mots de Raymond sont une autre réponse à la question sur la paternité : être père, c'est aimer son enfant.

Un épilogue nous dévoile Manon, assise dans la salle de concert de Varsovie où Thomas joue, à nouveau, le *Concerto pour piano n° 2* de Rachmaninov. Il commet la même erreur qu'à son précédent concert, mais ce n'est pas la vision du fantôme de son père qui le déconcentre, c'est celle de la femme aimée. Leurs destins sont à présent liés, la boucle est bouclée.

ÉTUDE DES PERSONNAGES

Marc Levy ne fait pas de description physique de ses personnages ou très peu, ainsi qu'il le souligne lui-même : « Je "dessine", d'une certaine manière, la silhouette de chaque personnage et je préfère laisser au lecteur le soin de l'imaginer à sa façon ».

THOMAS

Thomas a 35 ans. Il est pianiste concertiste et mène une vie régulière faite de tournées en France et à l'étranger et de retrouvailles avec sa mère Jeanne, ses amis Serge, Philippe ou Sylvain, et sa maitresse Sophie, qui le quitte au début du livre. Ce héros fait d'abord figure d'antihéros, en ce sens qu'il est un homme ordinaire, doté d'une vie ordinaire. Il a un bon métier qui lui apporte une certaine renommée, mais peu d'attaches affectives en dehors de sa mère et semble vivre les vicissitudes de tout un chacun. Il apparait comme quelqu'un de plutôt solitaire, posé, consciencieux et réservé, voire un peu résigné, même sous le coup d'un léger spleen. L'amour ne semble pas particulièrement présent dans sa vie, et pas particulièrement familier (« Je ne me serais jamais douté avoir raté à ce point ton éducation sentimentale », lui assène son père, p. 47). Sophie semble passer sans provoquer de grande souffrance ou d'éternels regrets, il est très passif dans le flux des évènements (« elle avait probablement mis un terme à leur relation [...]. À moins qu'elle ait rencontré quelqu'un », p. 17). Il parait en dehors des mouvements du cœur, comme si ceux-ci parlaient une langue étrangère. Il est, comme le dit Marc Levy, « quelqu'un qui a bien réussi dans la vie, mais qui n'a pas réussi sa vie » (voir « Conférence intégrale Marc Levy – 19 mai 2019 – Paris »). Il ne semble pas, en effet, habiter pleinement sa vie et ne parait pas vraiment épanoui, sauf quand il joue (« Lorsque j'entre en scène, l'émotion est forte, j'ai le feu sacré », p. 144). Ce qui ne l'empêche pas d'avoir beaucoup d'humour, comme on le voit tout au long des discussions qu'il tient avec son père, et le sens de l'autodérision. Ils partagent tous deux ces qualités et tout au long du livre, leurs échanges sont un constant pingpong d'ironie à la fois tendre et un peu rosse. Il est lucide sur l'absurdité de la situation et la fascination qu'elle dégage, par cette raison même. Son père va l'aider à évoluer et lui faire comprendre que la vie est fragile et courte et qu'il convient, pour ces raisons, d'en profiter.

RAYMOND

Raymond est le père de Thomas et le fantôme qui l'accompagne pour toute la durée du roman. Une particularité physique est notée pour lui : il a de grandes jambes, ce qui a alimenté une manie (celle de croiser et décroiser sans cesse les jambes quand il était assis) que Thomas trouvait pénible au possible. Cet ancien chirurgien est un homme qui séduit (« J'aimais plaire, mais je n'étais pas un coureur de jupons », p. 54) et sait profiter de la vie. Il semble être pour Thomas, dans la mort, très différent de ce qu'il était dans la vie. Mais les enfants ne voient pas toujours leurs parents pour ce qu'ils sont et ignorent, bien souvent, leurs aspirations. Il y avait de l'amour et de réels héritages

(« C'est toi qui m'as appris à choisir un vin », dit Thomas à son père, p. 315), mais également de la distance entre le père et le fils (« Mon fils, de mon vivant, j'ai toujours tout fait pour te charmer et te convaincre. Et pourtant, rien de tel qu'être parent pour que l'univers vous rappelle à quel point vous ne contrôlez rien », p. 88). Raymond est drôle (comme son fils l'est) et déterminé ; il prend des décisions rapides et n'abandonne pas ce qu'il entreprend (« Mon en-têtement a sauvé bon nombre de vies », p. 159). Il préfère plaisanter dans un moment grave, l'un des visages de la pudeur. Il montre aussi, par sa demande inattendue, qu'il est fidèle et patient.

MANON

Fille de Camille, la femme dont Raymond a été amoureux, Manon arrive assez tard dans l'histoire, mais a un rôle déterminant sur la trajectoire de Thomas. Elle est libraire, passeuse d'histoires, et donc sensible à celle de sa mère. Elle parait avoir eu de bons rapports avec ses parents, si différents soient-ils, elle a été la « confidente » (p. 291) de sa mère qu'elle a adorée, quant à son père, les relations sont plus compliquées, mais restent pleines d'affection (« Il n'a jamais su résister longtemps à sa fille », p. 332). Elle semble assez solitaire, comme Thomas. Aux obsèques de sa mère, au beau milieu du monde et des amis, elle reste avec Thomas qu'elle ne connait pas. Elle a un caractère bien trempé et n'hésite pas à affronter son père pour faire de l'enterrement une cérémonie qui ressemble à Camille et pour emporter avec elle les cendres de Camille. En outre, elle fait preuve d'énergie. C'est elle qui va vers Thomas et qui est à l'initiative de leur histoire. On apprend aussi qu'elle était une adolescente très « effrontée » (p. 314).

JEANNE

Jeanne est la mère attentionnée et affectueuse de Thomas, toujours présente pour son fils et prête à le soutenir. Fantasque, héritière de Mai 68, Jeanne est une femme originale et pleine de vie. Souvent flanquée de Colette, sa meilleure amie et la marraine de son fils, elle a une vie sociale importante et sort beaucoup. Séparée de Raymond il y a longtemps, elle a gardé un lien particulier avec lui (« C'est après leur rupture qu'ils se sont entendus à merveille », p. 219), même si l'on peut percevoir que la blessure a été vive, bien qu'elle l'évoque avec humour (« Ton père repose de l'autre côté de la cheminée, sur la dernière étagère, derrière *Madame Bovary*. Il fallait bien que je trouve un moyen de me venger », p. 99).

CLÉS DE LECTURE

LES VISAGES DE L'AMOUR

Cette histoire d'un amour si fort qu'il permet temporairement le contact entre les vivants et les morts fait écho à l'une des histoires archétypales du genre, une histoire ancienne puisqu'elle nous vient d'un poète grec du IIIe siècle, Appollonius de Rhodes, et qu'elle a ensuite été reprise par Virgile et Ovide ; il s'agit de l'histoire d'Orphée et d'Eurydice. Inconsolable d'avoir perdu son épouse Eurydice, morte suite à une morsure de serpent, le musicien Orphée, dont le talent ne trouvait pas de rival, descendit aux Enfers, prêt à tout pour la ramener à la vie avec lui. Sa musique et son désespoir finirent par émouvoir les dieux, qui l'autorisèrent à ramener Eurydice dans le monde des vivants, à la condition de ne pas la regarder avant qu'ils soient tous deux sortis des Enfers. Orphée accepta, mais dans son impatience, se retourna sur elle dès qu'il mit un pied dans la lumière. Las ! Euridyce était encore dans l'ombre des Enfers et il eut tout juste le temps de la revoir et de lui tendre les bras avant qu'elle disparaisse dans le noir et qu'il ne la perde une seconde fois...

Ici, on retrouve une histoire d'amour reliant les vivants aux morts, la quête d'une femme passionnément aimée et le personnage du musicien pour faire le trait d'union entre les morts et les vivants, comme si la musique était une clé d'accès vers un « outre »-monde. Enfin, bien que la modernité soit passée par ici, on retrouve une forme d'amour excessivement romantique : des sentiments de loyauté envers l'autre conjoint et les enfants ont poussé les amants à accepter une séparation définitive (du moins dans ce monde), malgré leur amour qui a perduré, en dépit de la distance, tout ce temps. En effet, il ne peut exister de grand amour que s'il est d'une manière ou d'une autre contrarié, le plus souvent par des conventions ou des liens sociaux. L'histoire de Camille et Raymond est de celles qui ne se vivent et ne s'alimentent que dans l'éloignement. Au XXIe siècle, aucune convention ne justifie cette séparation, si ce n'est le désir de vivre un amour impossible, sur les traces des grands amoureux séparés comme Tristan et Yseut, Roméo et Juliette, Maggie et Stephen dans *Le moulin sur la Floss*, la princesse de Clèves et le duc de Nemours, Julien Sorel et Mme de Rénal dans *Le rouge et le noir*, etc.

L'amour qui unit Raymond à Camille regarde également – et de façon assez étonnante à notre époque – vers ce qui ressemble à l'amour courtois, cet amour chevaleresque fait de serments et, souvent, de chasteté plus ou moins subie et consentie. Il est dit à plusieurs reprises que cet amour était platonique (« Camille n'était pas ma maitresse », « nous ne faisions rien de mal [...] il nous arrivait parfois de nous prendre discrètement par la main [...], mais la plupart du temps nous ne faisions qu'échanger des regards et des confidences », p. 56), ce qui permet d'éviter les affres de l'affaiblissement du désir et de durer : Levy met en scène le fantasme d'un amour qui traverse les années sans baisser d'intensité. On peut penser que, à l'instar de l'amour courtois, l'assouvissement du désir émousse l'amour et qu'il est plus important de conserver cette tension perpétuelle que d'accéder rapidement à un plaisir promis à s'étioler. De plus, comme dans l'amour courtois également, la dame est mariée (et notons que c'est Raymond qui divorcera et non Camille) et que son mari est doté de traits caractéristiques : il est ennuyeux, jaloux, pédant et un peu ridicule (il « déclama pompeusement les vers de Lamartine » [p. 204], il n'a pas « un caractère facile » et « il n'y avait pas une ombre de tendresse entre eux » [p. 219], il veut « toujours tout contrôler » [p. 258]). Levy veut sans doute plus probablement souligner que le plus important n'est pas tant la possession physique que les sentiments de connivence et de compréhension entre deux êtres, qui, eux, peuvent traverser une vie et même au-delà de cette vie. De plus, ses héros sont âgés (et décédés !), contrairement aux couples d'amants maudits généralement jeunes, la « fin » de leur histoire peut donc être heureuse.

Dans ce roman, le grand amour romantique est donc, une fois n'est pas coutume, l'apanage des ainés ; mais une seconde histoire d'amour se développe également de façon parallèle, celle de Thomas et Manon. Thomas, nous l'avons dit dans sa présentation, semble un peu étranger à l'amour. Au début de l'histoire, Sophie, sa maitresse, met un terme à une relation qui n'est pas suivie avec assiduité, relation occasionnelle semble-t-il, peu propice à l'évolution, d'ailleurs peu souhaitée par Thomas. Cette rupture semble à peine le déstabiliser, comme s'il l'attendait. Il accepte passivement et se résigne assez facilement. Sa rencontre avec Manon se place sous le signe de la familiarité (« c'est étrange, quelque chose me semble familier dans votre visage », lui dit Manon, p. 152) et du deuil : leur premier échange a trait à la difficulté à affronter le chagrin des autres. Alors que Manon lui avoue son soulagement de parler à quelqu'un qui ne pleure pas sa mère, Thomas lui répond « J'ai connu ça [...], je me souviens avoir consolé la secrétaire de mon père pendant des heures » (p. 152). Ce point commun crée un lien, ainsi que les affinités de caractère avec le parent disparu : Thomas a beaucoup de points communs avec son père (la pudeur, l'intelligence, la ténacité – il lui en a fallu beaucoup pour être pianiste professionnel –, l'humour, etc.) et Manon semble en avoir également de nombreux avec sa mère (la joie de vivre, une forme heureuse d'insolence, le gout du rêve et de l'absolu – elle est libraire, aime lire et partager donc rentrer dans d'autres univers, sa mère a vécu une histoire d'amour longue et éloignée sans jamais en douter ni s'en lasser, la sociabilité, etc.), faisant précisément des dissemblances de leur tempérament ce qui les complètera harmonieusement l'un l'autre. Leur amour se développe à l'ombre de celui de leurs parents ; plus discret, moins éclatant que celui de Raymond et Camille, l'amour de Thomas et Manon semble être celui de la maturité : ils ne paraissent pas douter d'eux-mêmes, ni agir impulsivement ou être sous le coup d'une passion irrésistible et irréfléchie. Loin de celui de Roméo et Juliette, leur amour ressemble plutôt à celui de Philémon et Baucis, ce couple âgé qui avait demandé aux dieux la seule grâce de les faire mourir le même jour pour ne pas avoir à souffrir de l'absence de l'autre. Les dieux les avaient exaucés et les avaient, à leur mort, transformés en arbres, dont les branches s'emmêlaient inextricablement les unes aux autres. L'histoire de Thomas et Manon se développe sans heurts et laisse entrevoir, comme pour Philémon et Baucis, un bonheur paisible et durable. Peut-être aussi peut-on y voir une forme de vie par procuration de leurs parents, ou de suite logique : eux vivront et profiteront de leur amour de leur vivant.

LA TRANSMISSION

L'héritage familial et les relations parents-enfants sont l'un des grands thèmes littéraires. Ils peuvent faire partie de l'autobiographie – ou de l'autofiction – ou se retrouver au cœur d'un roman. Ils peuvent constituer un aspect parmi d'autres de l'œuvre ou en faire l'objet principal. De même, le récit peut aussi bien prendre la forme d'une déclaration d'amour apaisée (*La gloire de mon père* ou *Le château de ma mère* de Marcel Pagnol, souvenirs d'enfance pleins d'amour pour ses parents) ou contrastée (comme dans *Le livre de ma mère* d'Albert Cohen ou *La promesse de l'aube* de Romain Gary qui célèbrent l'amour maternel et filial avec toutes ses contradictions), mais être également l'occasion de révéler certains traumatismes (*L'inceste* de Christine Angot ou *Innocence* d'Eva Ionesco), d'analyser un héritage (le regard sociologique que porte Annie Ernaux sur sa trajectoire, notamment ses parents dans *La place*), ou de permettre aux absents d'exister et aux présents de poser l'indicible (*L'enfant éternel* de Philippe Forest sur la mort de sa fille), etc.

Marc Levy, dans *Ghost in love*, se contente d'un message plus modeste et souligne à quel point il est important de dire à ceux que l'on aime que l'on tient à eux. Il s'agit moins d'une histoire de fantôme que d'une discussion entre Thomas et sa conscience, un peu comme Pinocchio et Jiminy Cricket, mais cette nouvelle rencontre entre père et fils est bel et bien l'occasion pour Thomas et Raymond de combattre leur pudeur et de se dire combien ils s'aiment. Le truchement du fantôme autorise, chez Levy, un vrai dialogue (le livre est d'ailleurs largement constitué de dialogues), un échange direct qui permet d'éviter le côté possiblement descriptif et moralisateur du récit. Les dialogues mettent en valeur la relation de Thomas et Raymond, faite d'humour et de sarcasmes. Le fait de décaler les personnages, c'est-à-dire de les placer dans des situations insolites, permet de les extraire de leurs repères habituels et routiniers et de faire naitre des moments de partage sortant de leur ordinaire.

Cette transmission place également *Ghost in love* dans la lignée des romans d'apprentissage, en l'occurrence un roman d'apprentissage atypique. Le héros est ici plus âgé que ne le sont traditionnellement les héros de roman d'initiation, souvent des adolescents ou de très jeunes adultes d'une vingtaine d'années. De même, Thomas n'est pas confronté aux désillusions sociales qui fondent l'entrée en âge adulte, on peut supposer qu'en tant que pianiste de métier, il a déjà connu un grand nombre d'expériences fondatrices heureuses et malheureuses. Il ne découvre pas non plus l'amour, le premier amour qui laisse la trace initiale qui servira de marqueur, de mètre étalon aux rencontres futures. Certes, il n'est pas, au départ, heureux en amour, mais ce n'est plus un jeune homme, il a déjà vécu et connu, là aussi, certaines déconvenues. Mais Levy va nous signifier qu'il n'y a pas d'âge pour apprendre, connaitre et découvrir, et Thomas, à 35 ans, va assimiler une véritable éducation sentimentale et philosophique, notamment grâce à son père qui lui donne sa dernière et plus importante leçon de vie. On perçoit nettement de la part de Raymond (est-ce Raymond ou Marc Levy qui parle ?) une certaine incitation à savourer le moment présent, non pas à chercher à tout prix le plaisir en tout et partout, mais bien à cultiver une disposition à être présent au monde, comme le propose la maxime antique *carpe diem*. Être là, dans l'humeur du moment, c'est la philosophie de Raymond et c'est ce qu'il montre à son fils tout au long du livre. L'enterrement de Camille en est un exemple : « M. Bartel dansait aussi, et Raymond, ne voulant pas être en reste, se joignit à la foule » (p. 206). C'est également ce qu'il essaie de lui signifier en lui disant « tu regardes par le mauvais côté de la lorgnette. Tu penses à l'absence au lieu de considérer ce qui a existé » (p. 300) ou encore « Tu ne ris pas assez, mon fils. [...] On ne meurt qu'une fois, en revanche, on vit tous les jours. Alors cesse de faire cette tête d'enterrement » (p. 152). Cette légèreté, si peu naturelle pour lui dès qu'il quitte son piano, Thomas va également l'apprendre grâce à Manon qui va lui faire connaitre l'amour, ce partage, ce soutien, cette écoute et cette envie de l'autre. « Certaines histoires qui semblent impossibles peuvent devenir vraies si l'on veut bien y croire à deux » (p. 325), lui dit-il : Thomas a enfin retenu les leçons paternelles.

LE MERVEILLEUX

L'un des personnages principaux de *Ghost in love* est un revenant, ce qui fait pencher le roman du côté des contes merveilleux. Ce fantôme arrive très rapidement dans l'histoire. Il ne s'agit pas au sens strict d'un roman fantastique, dont l'un des enjeux serait d'inquiéter le lecteur, confronté à l'irruption d'un phénomène anormal, voire impossible, et de s'interroger sur la nature même de ce phénomène. Le fantastique se situe dans le temps de l'incertitude du protagoniste à déterminer ce qui lui arrive : est-ce une illusion ou la réalité, donc une réalité constituée de possibilités jusque-là inconnues ? Dès que le personnage tranche entre ces deux options, on quitte le fantastique pour entrer dans des genres voisins : l'étrange ou le merveilleux. Le fantastique, nous dit Todorov dans son *Introduction à la littérature fantastique*, est « l'hésitation éprouvée par un être qui ne connait que les lois naturelles, face à un évènement en apparence surnaturel » (p. 29).

Chez Levy, l'hésitation est assez vite chassée et le lecteur – avec Thomas – accepte rapidement le phénomène, lequel, à aucun moment, n'a été source d'angoisse (ou vraiment très peu). Il l'est sur un mode presque humoristique puisque Thomas, suite à sa consommation de cannabis, se sent mal et nauséeux. Il s'agit d'un impossible qui finalement survient, l'enjeu se situe clairement ailleurs.

Le merveilleux se caractérise par l'acceptation du surnaturel et, comme le souligne Pierre Mabille, « le but réel du voyage merveilleux est [...] l'exploration plus totale de la réalité universelle ». L'un des motifs ici travaillés est, bien sûr, celui de la mort et Levy garde le mystère complet sur ce à quoi l'homme peut s'attendre après la mort. Le merveilleux véhicule souvent un message. Ici, le fantôme de Raymond est une façon de montrer que les personnes aimées vivent dans le cœur de celles qui les ont aimées et, d'une certaine manière, ne meurent pas. Tant que quelqu'un se souvient de nous, nous ne pouvons pas mourir et charge aux vivants de transmettre ce souvenir aux générations futures, la façon la plus simple d'accéder à l'immortalité !

Mais plus encore que cet aspect merveilleux qui se joue en sourdine tout au long du roman, *Ghost in love* est un roman *feel good*. Apparu récemment et en force dans le paysage littéraire, le roman dit *feel good* est, comme son nom l'indique, un roman où l'on se sentira bien après l'avoir lu. Il véhicule une vision positive et optimiste de la vie tout en traitant de sujets parfois graves et sérieux. À l'issue de cette parenthèse souriante et légère, le happy end est évidemment obligatoire. Ici, après l'insertion d'un sujet dramatique tel que le deuil et son cortège d'émotions diverses (changer de statut, devenir orphelin, s'interroger sur l'héritage spirituel d'un parent, regretter de n'avoir pas suffisamment profité de la personne, de ne lui avoir pas assez dit son amour, etc.), c'est la légèreté qui l'emporte. Si les émotions tristes et poignantes sont bien présentes au cours de la lecture, le roman suit une pente ascendante et optimiste vers une fin heureuse : Thomas et son père réussiront à se dire tout ce qu'ils avaient tu par pudeur, Raymond sera enfin réuni à la femme qu'il aime et Thomas, en rencontrant Manon, accédera à son tour au bonheur. En un mot, le roman célèbre l'amour, celui qui lie les parents à leurs enfants et vice-versa, et celui qui unit les amoureux. Il rend aussi plus discrètement hommage à l'art, via le personnage de Thomas le pianiste et de Manon la libraire qui le transmet, et à sa capacité de répandre de la joie. On peut certes trouver cette définition de l'art un peu courte, mais c'est celle qui prime dans ce roman *feel good*.

<u>Le saviez-vous ?</u>

Le couple qui loge Thomas à San Francisco apparait dans le premier roman de Marc Levy *Et si c'était vrai*, dans lequel il tient le rôle principal. On reconnait également l'inspecteur Pilguez !

PISTES DE RÉFLEXION

QUELQUES QUESTIONS POUR APPROFONDIR SA RÉFLEXION...

- Qu'est-ce qui différencie le récit fantastique du conte merveilleux ?

- Quels peuvent être les autres « statuts » des morts dans la littérature fantastique ?

- Que symbolise pour vous le passage de l'avion où Raymond prend possession de son fils ?

- Comment expliquez-vous le mutisme de Raymond lors de sa première rencontre avec Jeanne et l'exubérance dont il fait preuve avec son fils ?

- À votre avis, pourquoi Raymond rajeunit-il ?

- Comment peuvent se comporter les différents fantômes en littérature ? (Pensez au roman gothique anglais, au *Tour d'écrou* de Henry James, au *Fantôme de Canterville* d'Oscar Wilde, à *Hamlet* de Shakespeare, au *Horla* de Maupassant, au *Fantôme de l'opéra* de Gaston Leroux, etc.)

- Connaissez-vous d'autres pouvoirs attribués à la musique dans la littérature ?

- Pensez-vous que le roman puisse faire l'objet d'une adaptation cinématographique ? Pourquoi ?

- En quoi Thomas est-il un héros contemporain ?

POUR ALLER PLUS LOIN

ÉDITION DE RÉFÉRENCE

- Levy M., *Ghost in love*, Paris, Robert Laffont/Versilio, 2019.

ÉTUDES DE RÉFÉRENCE

- Hamilton E., *La mythologie*, Paris, Marabout « université », 1978.

- Lecercle J.-L., *L'amour*, Paris, Bordas, 1991.

- Mabille P., *Le miroir du merveilleux*, Paris, les éditions de Minuit, 1962.

- Todorov T., *Introduction à la littérature fantastique*, Paris, Seuil, coll. « essais », 1970.

SOURCES COMPLÉMENTAIRES

- Marc Levy, site officiel, en ligne www.marclevy.com/marclevy

- Cultura, « Conférence intégrale Marc Levy – 19 mai 2019 – Paris », en ligne sur YouTube, https://www.youtube.com/watch?v=T78Ms1hnDWg

Votre avis nous intéresse !
Laissez un commentaire sur le site de votre librairie en ligne
et partagez vos coups de cœur sur les réseaux sociaux !

lePetitLittéraire.fr

- un résumé complet de l'intrigue ;
- une étude des personnages principaux ;
- une analyse des thématiques principales ;
- une dizaine de pistes de réflexion.

**Retrouvez
notre offre complète sur
lePetitLittéraire.fr**

ISBN version numérique : 9782808024099
ISBN version papier : 9782808024105
Dépôt légal : D/2021/12603/44

Conception numérique : Primento,
le partenaire numérique des éditeurs.